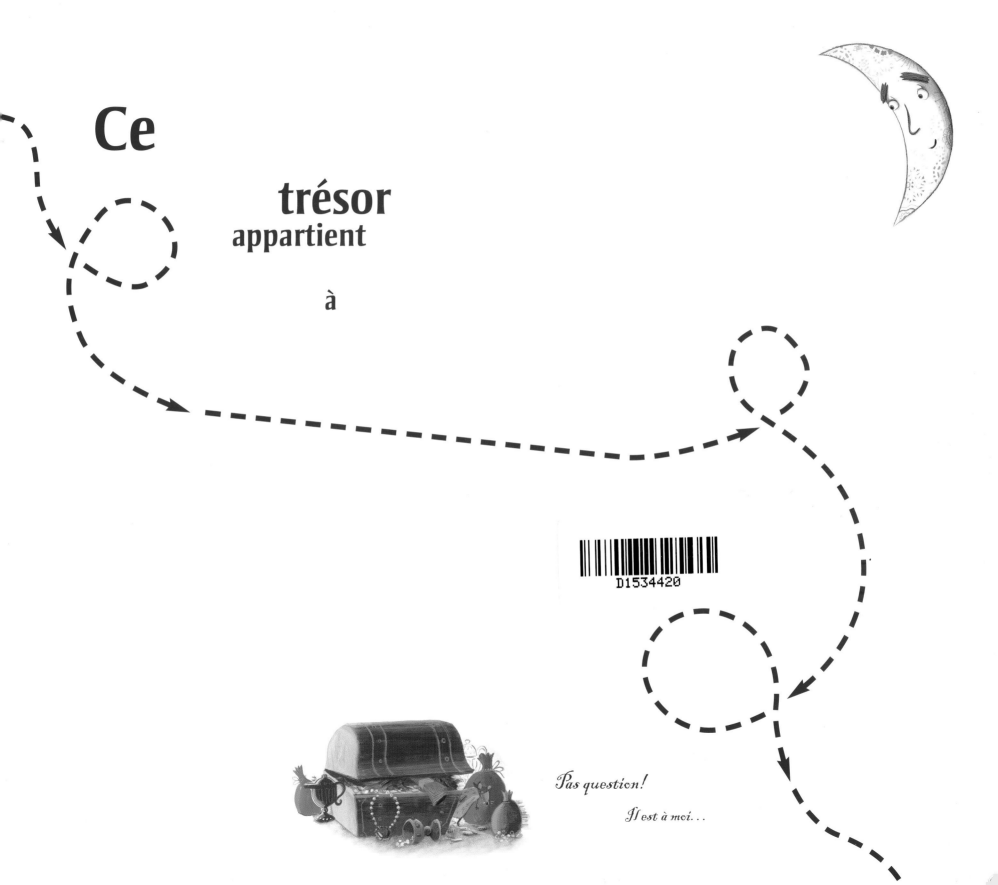

Ce
trésor
appartient

à

Pas question!

Il est à moi...

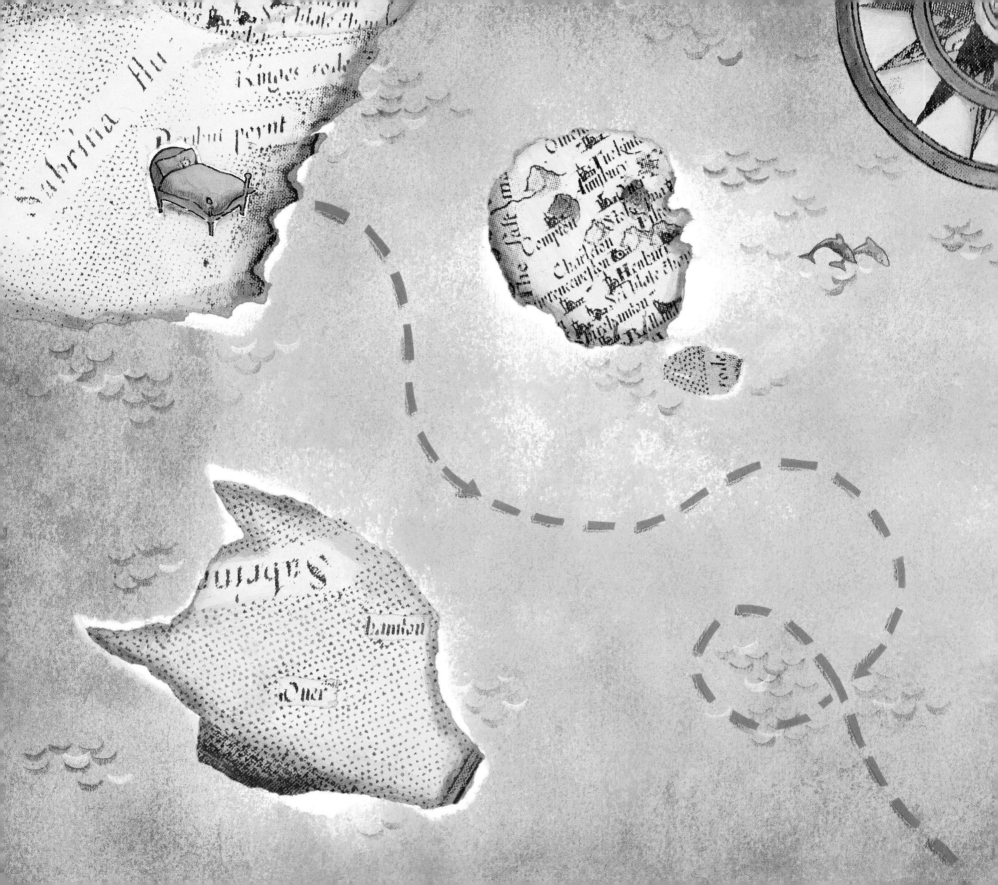

P.H.

Celui-ci est pour Harry,

Pour P. et p.
Avec amour, D.

L'édition originale de ce livre a été
publiée en Grande-Bretagne, en 2005,
chez *Egmont UK Limited,*
239 Kensington High Street,
London
W8 6SA

Copyright © *Peter Harris,* 2005, pour le texte.
Copyright © *Deborah Allwright,* 2005, pour les illustrations.
L'auteur et l'illustratrice ont
revendiqué leurs droits moraux
Copyright © Egmont UK Limited, 2006, pour le texte français.

Catalogage avant publication de Bibliothèque
et Archives Canada
Harris, Peter, 1933-
La nuit des pirates / Peter Harris;
illustrations de Deborah Allwright;
texte français d'Hélène Pilotto.
Traduction de : The Night Pirates.
Niveau d'intérêt selon l'âge : Pour enfants de 4 à 8 ans.
ISBN 0-439-94051-6
I. Pilotto, Hélène II. Allwright, Deborah III. Titre.
PZ23.H373Nu 2006   j823'.914   C2005-906010-7

6 5 4 3 2   07 08 09 10 11

Imprimé à Singapour

Reproduction en couleurs :
Dot Gradications Ltd., R.-U.

Édition publiée par les Éditions Scholastic, 604 rue King Ouest,
Toronto (Ontario) M5V 1E1, avec la permission d'Egmont UK Limited.

LA NUIT DES PIRATES

Peter Harris

Deborah Allwright

Texte français d'Hélène Pilotto

Éditions SCHOLASTIC

Une

à
une,

les

ombres

descendent

la rue

sombre.

Sans un bruit,

comme des souris.

Une
à
une,
les
ombres
escaladent
la
maison
sombre.

Comme des
souris,
sans un bruit.

Seule la lune
remarque
leur arrivée.

Seule la lune
remarque
leur départ.

Seule la lune...

... et un petit garçon.

Thomas est un gentil petit garçon.
Thomas est un petit garçon courageux.
Thomas est un petit garçon sur le point de vivre une grande aventure.

Qui sont ces ombres,
silencieuses comme des souris,
qui emportent la façade
de la maison de Thomas?

Peut-être **des monstres**
ou **des trolls?**

Peut-être **des ogres**
ou des lutins?

Peut-être *des bandits* ou **des pirates?**

DES PIRATES???

OUI, DES PIRATES!

Des fillettes pirates!
De vraies dures à cuire qui
possèdent leur propre navire.

Un navire prêt à naviguer.
Un navire prêt pour l'aventure.
Un navire qu'elles veulent
camoufler avec la façade
de la maison de Thomas.

Et Thomas dans tout ça?
Pourrait-il se joindre à l'équipage?

— S'il vous plaît,

laissez-moi monter à bord!

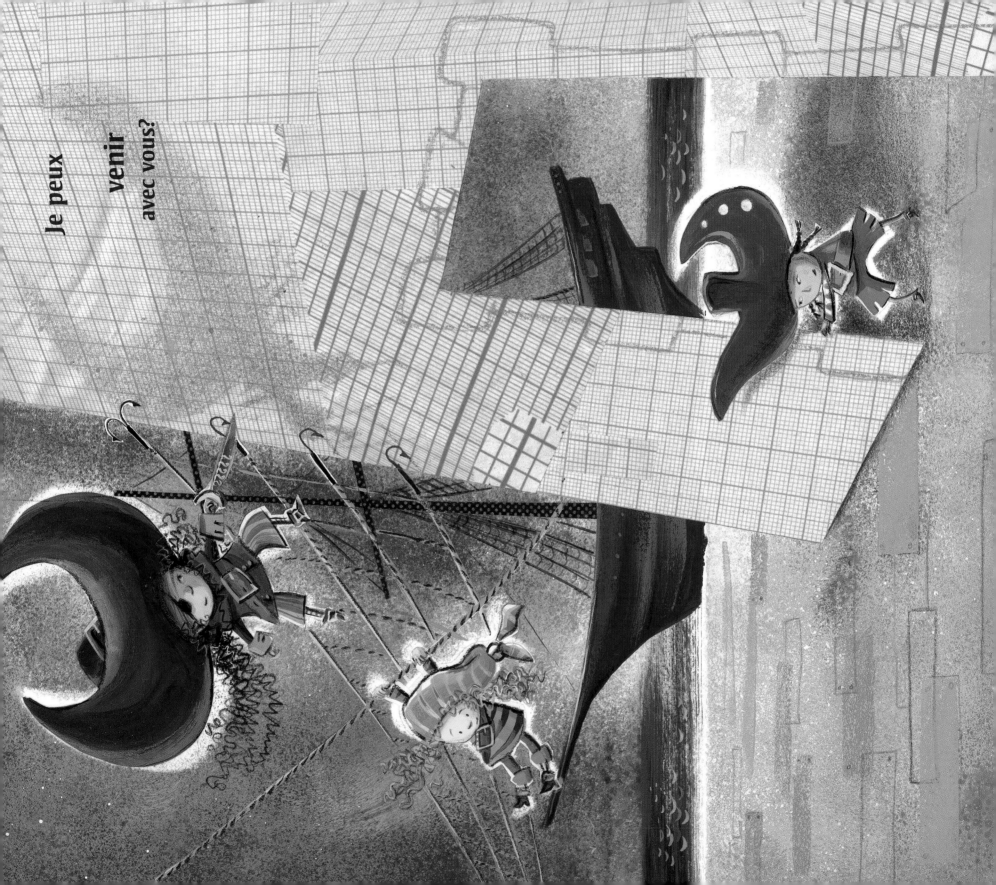

Je peux
venir
avec vous?

Penses-tu que *la chef des pirates* va répondre :
— *Jamais de la vie,*
tu n'es qu'un garçon!

Non, pas du tout!
Elle crie **plutôt :**

— Bienvenue
à bord,
moussaillon!

Puis, les fillettes pirates **hissent** les voiles
et **larguent** les amarres.

Et elles prennent la **mer**,
comme de vraies *dures à cuire*.

Les *fillettes pirates*
et leur moussaillon
Thomas.

Mais où vont-ils donc?

Ils vont vers une île.

Une île où le *capitaine Canaille*
et ses **pirates**,
de GRANDS **fiers-à-bras**,
sommeillent près de leur coffre
au trésor rempli à craquer.

C'est alors que le *capitaine Canaille* voit
quelque chose.

Quelque chose
de très
étrange.

Quelque chose de vraiment très étrange.

Quoi au juste?

Une maison
qui vogue
vers eux,

qui **approche**
de plus **en plus.**

Une maison qui vogue
vers eux avec un petit
garçon à la fenêtre
qui les salue!

— **Je vois une maison!** s'exclame le *capitaine Canaille.*
— Et alors? répondent les pirates. On en a tous vu!

— Ne restez pas plantés là! hurle le *capitaine Canaille.* Faites quelque chose!
Mais les pirates se recouchent et se mettent même à **ronfler.**
Pendant ce temps, la maison approche toujours. Jusqu'au moment où...

Hop!
des fillettes *pirates!*

Hop! Thomas
le moussaillon!

Tous sortent
de la maison dans un rugissement effrayant!

Les pirates se réveillent.

Les pirates se frottent les yeux.

Les pirates
d
é
t
a
l
e
n
t
à toute
vitesse!

Alors, Thomas
et les *fillettes pirates*
s'emparent
du trésor...

... pendant que
les pirates,
de GRANDS
fiers-à-bras,
se cachent
dans les
arbres.

Le *capitaine* 𝒯anaille est furieux.
Il tape du pied
et lâche ses
pires jurons
de pirate.

— Rapportez-moi mon trésor
ou je le dis à ma maman!

Mais le navire s'éloigne,
repartant par où il est venu.

Une

à une,
les ombres
descendent
la
rue
sombre.

Sans un bruit,

comme des souris.

Une

à

une,

les

ombres

escaladent

la

maison

sombre.

Comme des souris,

sans un bruit.

Seule la lune
remarque
leur arrivée.

Seule la lune
remarque
leur départ.

Seule
la lune...

... et un petit garçon.

Thomas est un petit garçon courageux.

Thomas est un petit garçon fatigué.

Thomas est un petit garçon qui vient de vivre **une grande aventure.**

Mais ça, personne ne le saura jamais…

Pas vrai?

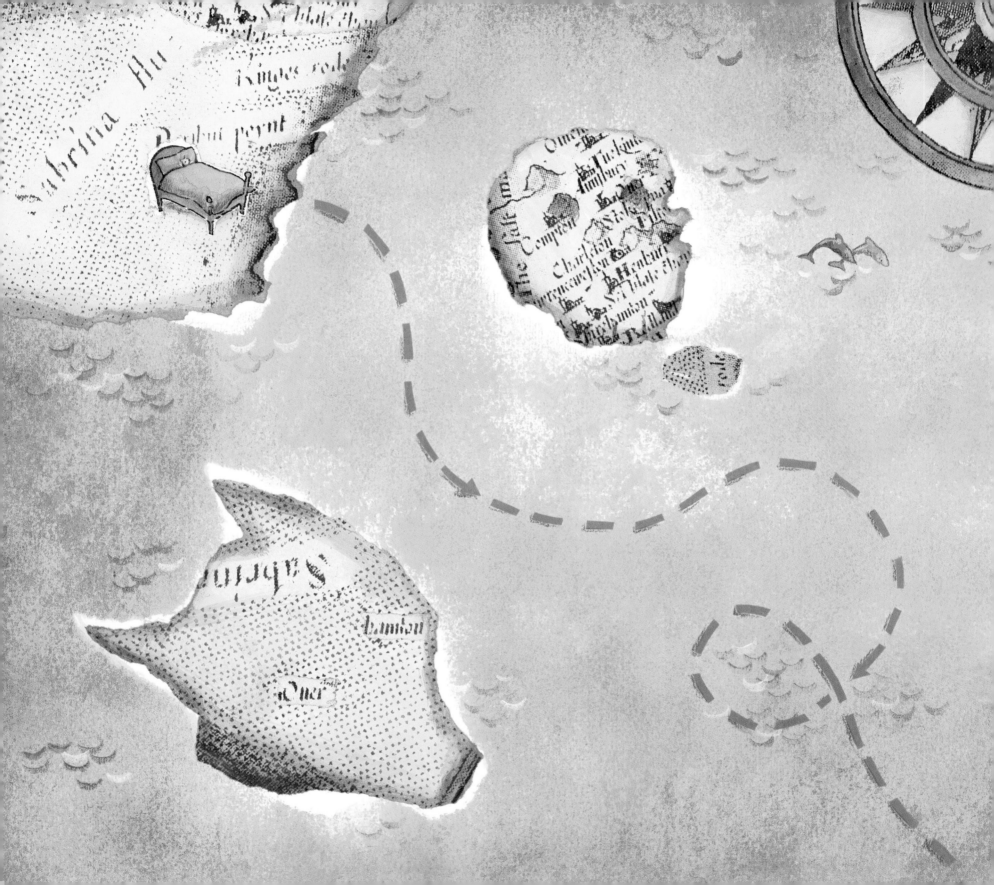